P9-DVC-624